Weihnachtszeit

Das Geschenkpapier
der Weihnachtszeit ist die Liebe.
Mit Liebe verpackt wird jede
noch so kleine Gabe groß.
Diese Tage – in Liebe eingehüllt –
können zu einem ganz
besonderen Fest werden.
Staunend begegnen wir wieder
dem Kind in der Krippe,
Gottes Liebesgabe an uns.

Sternenhimmel

Sterne am Himmel – Sterne auf Erden –
in unzähligen Variationen.
Und der Stern von Bethlehem?
Leuchtend blieb er über dem Stall stehen
und führte Hirten und Könige zum Ziel. –
Auch dir möge immer wieder
ein Stern aufleuchten, ein Stern der Liebe,
ein Stern der Hoffnung, ein Stern des Trostes.
Und manchmal darf dir auch ein Stern
in den Schoß fallen.

Wintermärchen

Schnee zu Weihnachten.
Ist das nicht ein
zusätzliches Geschenk
der Natur? Wie in einen
weißen Traum gehüllt
liegt die Landschaft da
und zaubert eine
ganz besondere
Weihnachtsstimmung
herbei.

Kinderglück

Von Kindern lässt
sich so viel lernen.
Sie sind dem Wesentlichen nah.
Voller Erwartung fiebern
sie dem Fest entgegen.
Ihre kleinen Geheimnisse
können sie kaum
für sich behalten.
Kinder – wie sind sie doch
offen für das Glück!

Schneekristalle

Welch ein Wunder
hat sich die Natur ausgedacht –
zarte Gebilde, zerbrechlich,
nur ein Hauch, aber vollkommen.
Siehst du die kleinen Wunder noch,
die dir täglich begegnen?
Für dich sind sie da. Dir mögen sie
Freude schenken und dich mit
Dankbarkeit erfüllen – die kleinen
zerbrechlichen Winterwunder.

Wegbegleiter

Engel mögen dich
ins neue Jahr begleiten
und dich auf all deinen
geraden und krummen
Wegen behüten.

In dieser Reihe sind bisher erschienen und lieferbar:

204.101 · Zum Weihnachtsfest alles Liebe
204.102 · Friedliche Weihnachtszeit
204.103 · Gesegnete Weihnachten
204.104 · Helle Weihnachtsfreude

Bildnachweis

Titelbild von Stefanie de Buhr
Sonstige Fotos von Edition Paper Design GmbH

Bibliografische Informationen der Deutschen Nationalbibliothek

Die Deutsche Nationalbibliothek verzeichnet diese Publikation in der Deutschen Nationalbibliografie: detaillierte bibliografische Daten sind im Internet über http://dnb.d-nb.de abrufbar.

ISBN: 978-3-8431-0632-0
Serie Geschenkhefte Weihnachten · Bestellnummer 204.101
Eva-Maria Leiber · Zum Weihnachtsfest alles Liebe

Urheber des Gesamtwerks und Lizenzgeber:
Edition Paper Design GmbH, Ettenheim, Germany

Lizenznehmer 2011: Cangini Filippi by Lediberg GmbH, Lemgo, Germany
Druck und Verarbeitung: Castelli Bolis Poligrafiche spa, Cenate Sotto (BG), Italy